KB092119

숲에는 달이 뜬다

숲에는
달이 뜬다

詩 안미쁜아기

동행출판

詩가 뭐라고
詩라는 것이 때때로 아무 말 대잔치처럼…
詩가 누군가의 전유물처럼…
아니다
사랑이 詩人을 만들 듯
슬픔 깃든 마음이 詩의 세계이다
한 시대를 살아내는 양심도 詩의 세계이다
그러므로
모든 사람의 인생이 詩이다

차례

선운사 별곡

농창한 햇살 보듬는 사월
선운사 동백숲은 혼자서도 벌겋다.

푸른 샅바
산허리에 질끈 동여매고
붉은 꽃송이 팡팡 내지르는 교성만 담뿍한데
선운사 초입 백목련은 속절없이 지고 지고

온다는 기별 없이
오가는 나그네 마음
동백의 붉은뺨, 벌건 속살 곁눈질하다
허우적허우적 내내 두서없다.

외면

날 모른다고 도리질은 마오.

내 안의 낙인을
불쌍타 여기거든
모른다
도리질은 하지 마오.

이브의 에덴

바람이 속삭여요

오라~
시트러스향 비단처럼 깔리우고
베르가뭇 황홀한 무지갯빛 나의 침실로

지그시 눈 감으면
수면 위 농락하는 햇살처럼
흐드러진 살내음 아득히 잠겨 오리니
그리운 것은 그리운 것들로 벗하게 하고

오라~
시트러스향 비단처럼 깔리우고
베르가뭇 황홀한 무지갯빛 나의 침실로

외길

그대를 만나
그대를 사랑하고서야
마음에 길 하나 열렸음을 나는 알았네.

그대를 만나
그대를 사랑하고서야
활화산이 되는 그리움 있는 줄 나는 알았네.

그대를 사랑하고
사랑은 외길인 것을 이제야 알았네
마음에 두길 나지 않음을 나는 알았네.

홀로 아리랑

아주 갔소?
갔더란 말이요?
나는 갈 데 없이 맴도는데
정말 갔더란 말이요.

속절없이
붉어오는 꽃들은
밤새 저물 줄을 모르는데
정말 갔더란 말이요?

가려거든
내 맘마저 거두고 가야지
가고 오는 건 제 맘이라지만
내 혼자 어찌하라고 아주 갔더란 말이요.

불어라 봄바람

햇살 지천으로 널브러진 봄봄
네가 봄이로고!
주홍물감 풀어헤치는 너

너 땜시
숨 멎었다 깨어나
등 뒤에 꽃힌 숙명은 어이하라고
날 버려두고 사방에 흩뿌린 네 눈길 때문에
발정난 밤은 쉬이 식지 않아

천일야화를 수만 번 휘감아 돌아도
잠재울 수 없는 전설 하나 남겨두고
뒷짐 진 봄봄,
네가 봄이로고!

격정

천장에 매달린
色燈이 야릇한 어둠 속에서
술 한 모금 없이도
노랫말에 젖어 우는 그대가
날 끌어안았다.

얼결에
그대 품에 안긴 내 가슴은
숨죽일래야
숨죽일 수 없는 격정으로 솟아올라

끝간 데 없이
몽롱한 허공으로 손을 휘젓고 있다.

꽃불

내 사랑은 종이꽃이 아니랍니다
햇살 보듬은 향기로 피었습니다
한낮에도 붉게 타오른 꽃불이었는걸요

내 사랑은 종이꽃이 아니랍니다
달빛 휘감아 도도히 피었습니다
지난밤에도 붉게 타오른 꽃불이었는걸요

내 사랑은 종이꽃이 아니랍니다
두근두근 숨결 불어넣는 꽃불입니다
내 사랑은 내 살 속에 그리움 새긴 꽃불입니다

밤 깊도록 취해 버렸네

비는 내리네
비는 내리네
찾아올 이 없는 골목길에
뚜벅이는 발자국 소리

빨강우체통에 투둑투둑
사립문을 흔들며 오시는데
주룩주룩 함석지붕 토닥이며
취기 오른 술잔을 타고 젖는다.

비는 내리고
술잔은 기우는데
찾아올 이 없는 골목길에
쟁쟁한 너의 목소리

똑,똑, 네가 올 것만 같아
어둠은 빗소리에 잠들고
나는 술잔 위에 몸을 누인다.

재회

봄비에
꽃비 내려
오월이 오면
하늘을 이고 솟는 푸르름아!

네 안에
쉬지 않는 개울이 열리고
징검다리 놓이면
꽃무리 등에 지고 가리.

너를 만나고 오는 길

오늘은
봄 오시는 길목에
당신이 남았습니다.

어스름한 해질녘 돌아가야 할 시간
눈물 고인 눈동자에 당신이 지워져
차마 서러워 눈을 감았습니다.

오늘은 내가 떠나왔습니다.
자꾸만 멀어져 작아지는 당신
속절없이 무너지는 마음을 붙잡고
먼 데 산으로 고개를 돌렸습니다.

봄 오신다는데
짧았던 해후의 흔적만 남아
침몰하는 어둠 속에
오늘은 당신이 홀로 남았습니다.

눈은 내리고

눈 내리는 날
길을 떠나 그대에게 가고 싶다,
그대는
시린 내 사랑을 품은 요람.

눈 내리는 날,
그대 머문 그곳에 가고 싶다
"…… 오늘 무심히 눈이 내린다"

자학

오늘도
욕망 위에
핏물 드는 주홍글씨를 쓴다.

거짓말 같아요

"네 곁에 있을 게"
달콤하게 속삭이는
그대는 거짓말 같아요.

나무라지는 마세요
와락 보고플 때 그대가 너무 멀리 있다,
푸념하는 나에게.

하루쯤은
그대 안에 푹 파묻혀
시름을 잊었노라 착각하고 싶은데
그대는
불쑥 사탕발림이 되는 사람이어요.

때로는
낯설음으로 배회하는 여린 나에게
제발 나무라지는 마세요.

이러함도
그대를 향한 서투른 몸짓인 것을.

정욕

해바라기는 땅끝까지 피어났습니다
해바라기는 노을 너머에도 피어났습니다
끝간 데 없이 피어났습니다
불덩이를 이고 피어났습니다
제 살을 다 태우고도 피어났습니다
죽어야만이, 멈출 목숨인 것을 알았습니다.

戀心

새봄이 오신다길래
길을 하나 열었습니다.
도드라지고 패인 곳을 매만져
올망졸망 꽃을 심었습니다.
꽃길 따라 콧노래를 흥얼거리면
어느새
님에게 다다르고….

예전에 그러했듯이
앞서 마중 나온 님은 꽃길에 서 있습니다.
봄은 새봄인데
님에게로 가는 길은 옛길로 한결같습니다.

열병

나의 사랑아!
너를 부를 때
작고 부드러운 목소리로 속삭이지,
"너 없이는 못 산다고"

언젠가
그 말이 잊혀질 만큼 세월이 흐른 뒤에
얼마쯤 가벼이 되새김하게 될지라도

오늘도 귀엣말로 부드럽게 속삭이지.
"사랑아 너 없이는 못 산다고"

기다림

어느 날,
오시겠다는
당신의 약속을
처마 끝 풍경에 걸어놓고
마음이 헤지도록 기다리고 기다렸습니다.

어제도
오늘도

불덩이를 끌어안고 산마루에 올라
턱까지 차올라 가쁜 숨
채 몰아쉬기도 전에 하산하라, 등 떠미는 시간
당신을 향한 숲은 잠들지 못하고
애증의 기다림에 갇혀 버렸습니다.

새빨간 유혹

나의 안뜰
꽃들에게 시선을 주지 마라.

이런저런 꽃들에게 나빌른들
어쩌하리요마는

쇠잔한 날개 드리우다
맘도 없이

나의 안 뜰
꽃들에게 괜스레 기울지 마라.

詩 5

어젯밤에
어젯밤에
문득 깨어나
와락 보고픈 맘에 그리움만 밀려와

속살거리다
속살거리다
지치지도 않는지 누에고치에 실 뽑히듯

자꾸만
자꾸만
그대가 만져져
곁에 없는 줄 알면서 긴 밤
속살을 만지우던 그대는 남모를 그리움,
후욱~
훨훨 날갯짓하는 그리움 때문에
내 안의 그대는 만지우고 자꾸만 만져져

약속

약속은 없었다
늘 다니던 그곳에
홀로 찾아가 앉아 있었다.

한참 만에야
낯선 시선 속에 서 있는
너를 보았다
막연한 기다림이었다
사랑은
약속 없이 너를 만나는 것이었다.

미치것다

하늘은 저리 오지랖 넓어
꽃바람으로 후려치는데

내 안에
빗장 걸린 문 하나
열릴 줄을 몰라

꽃술에 취한 봄은 흐드러져
콱~
숨막히게 엎드러지는데

내 안에
빗장 걸린 문 하나
참말로 열릴 줄을 몰라 미치것다.

봄의 불

동백아! 동백아!
속곳 풀어헤치고 덤비는
저 놈의 염장을 지르지 마라.

수만리 잇닿은 그리움
한낱 꿈이라 할지라도
붉은 꽃그늘에 사지 비틀려
기지개를 켤지라도

네 이름만 부르다
네 이름에 녹아질 설움인데
어쩌자고 네 꽃눈은
먼 데 하늘만 보고 섰느냐!

불면

불면의 밤을 찾아와
부드러운 입술로 핥아내리던

너를
그리워하다
그리워하다
목젖이 탄다.

아주 잠깐 꿈이런가?
촉촉이 안기는 너의 감촉
너에게로 역류하는 나
네 안에 갇혀 버렸어.

너를
그리워하다
그리워하다
불면의 밤을 순례하는 또 하루가 간다.

無心

바람은
오간 죄 밖에 없다 하는구나!

어찌어찌하다 스친 옷깃
화들짝 놀라 꽃문 열고
웃은 것이 죄지

저 바람은
오간 죄 밖에 없다 하니
웃고 덤빈 네가 죄인이로고!

홀로 님 그리는 밤

사르락사르락
뜨락을 거니는 기척 있어
내 님인가 하여

맨발로
섬돌에 내려서니

소슬소슬한 바람
아우르는 달빛만 휘영청

오늘

너의 눈길이 그리운 날이다
너의 목소리 그리운 날이다
너의 손길이 그리운 날이다

오만가지로
네가 그리운 날이다.

한여름밤의 꿈

그대 먼발치에 서서
훅~
입김을 불어넣기만 해도
붉디붉은 꽃눈이 다 타버릴 거에요.

짝사랑

그립다 말하지 못해
당신이 저물면
어둠에 갇힌 격절감에
꺼이꺼이 속울음이 납니다.

길고 긴 밤
화덕 같은 내 안뜰은
숯덩이 되어 부서져 버리고
시도 때도 없이 재만 날립니다.

꽃

당신이 '꽃'이라 되뇌이면
어느새 꽃이 되는 나,
3월에는 붉은 동백에 나를 묻을래요.

그러면 당신은
"아! 나의 동백꽃" 하겠지요.

나를 아는 당신

당신은
나를 잘 아십니다.
눈물이 많아 울보인 것마저
당신은 속속들이 아십니다.
이런 당신을 사랑하지 않을 수 있나요
말하지 않을뿐
속내는 온통 당신뿐입니다.
바라보면 지그시 웃기만 하는 당신이지만
내 안에 들숨과 날숨이 되었습니다.
그러한대 사랑하지 않을 수 있겠나요
미치도록 당신을 향해 가는 것을.

그대 오셨나요

그대 오셨나요
지척에 놓인 길을
그리도 멀게 오셨나요.

마음뿐이라 마소서
생각뿐이라 마소서
마음이 있으면 오갈 수 있는 길,
다시 오실 적에는
거추장스러운 옷은 벗고 오소서.
사뿐한 맨발로 오소서.

그대 오시는 길에
환한 미소로 마중 가오리다.

이별

꽃은
바람은
저리도 흐드러져
서로 살갑다 몸맞춤하는데

그대의 체온이 채 식기 전에
옷자락 여미고 돌아서 오는 길은
시립디 시리운 길.

자꾸자꾸 눈에 밟히는 그대는
돌아와 손씻는 세숫물에
찰랑찰랑 소용돌이치고

하얀수건에 얼굴을 묻고
한참을 도리질해도
감은 눈 사잇길로
배시시 웃는 그대만 맴돌아
애꿎은 치자나무
꽃망울만 후려치는데

자꾸자꾸 되살아나는 그대는
툇마루에 휘청 기대어 섰는 내 안에
아! 그리움
봇물을 터뜨리고….

그대 내 안에

그대를 만나
그대를 또 만나
그대를 다시 또 만나
작고 여린 가슴을 열어 놓았습니다.

그대는 나에게
그대는 여린 나에게
그대는 아주 여린 나에게
넓고 푸근한 가슴을 내어 주었습니다.

간청

딱 한 번만 뒤돌아봐
나 이곳에 서 있잖아

흘깃이라도 좋을 눈빛
딱 한 번만이라도,
나 이대로 서 있잖아.

이번이 마지막이야!

그대 오는 꽃길로

그대 오는 꽃길로 나도 가려오.
마중 가는 길에 애간장만 녹아져

꽃길로 어둠 오면
그대 사라져 기다리는 마음
바짝 메말라 꿈쩍도 못하오.

그대 오는 꽃길에
나도 서 보면
설렘으로 오는 그대 맘 알겠소.

그대 오는 꽃길로 나도 가려오.
그대 맘 알고서 내 안에 숨기운
바람이 서 있소.

불허

외길 하나를 두고
너와 나
하나이지 못한 운명

그리움 담긴 길은 하나이면서
모질게 좁혀지지 않는 길 하나,
나란히 서 있지 못해 점점이 찍히는 외로움.

외길 하나에
얽어매인 감각기관
기약 없는 정지 상태.

민들레 홀씨

내가 죽고 나면
그대가 살아
봄향기로 찾아와
꽃날에 흩날리었소.

사랑 4

행여 어찌 될 새라
빠꼼 조금만 열어두었더니
어느새 저 만큼이나 열렸단 가요.

정말 모르겠소?
지난밤에 바람이 다녀갔더란가.

열린 만큼이나 가슴을 조아렸소
살금살금 드리우던
그림자에 밟혔건만
어쩌지 못하여 가만히 있기만 할 밖에요.

나 어쩌라고
바깥바람은 저리도 몸살이 났더란가!
더는 견디지 못하여
빗장을 활짝 열어둘 밖에요.
어쩌다 요렇게나 열어놓게 되었단 가요.

사랑아

사랑아!
너 없이 살 수 없다고
수없이 가슴을 찢었다

요동치 않는 이성으로
내 앞에 서 있는 너에게
마음을 다 보내 놓고
몇날을 흐느껴 울었다.

사랑아!
네가 행복할 수 있다면
작은 것 하나라도 남김없이 보내리.

사랑아!
나의 숨통은 오로지
너에게로 열려 버렸다.

기분 좋은 날

비 내리는 날
한두 방울쯤 어깨 위로 맞고도
기분 좋을 수 있음은
이 길 따라
비 오는 날의 감흥이 옮겨가려니 하기 때문이다.

어제도
오늘도
너는 거기에
나는 여기에
풍경을 달리하지만
걷다 보면
하나로 난 길에 서 있기로
내일은 이 길에 서서
멀리 까치발을 하지 않아도 너를 만나리니
나는 여기에 있음도 행복하여라.

사랑 1

나는 당신 앞에서
사그러지는 불꽃이 되어집니다
바람처럼 돌아서는 당신이라도
죽어도 좋아 내 안에는 당신이 피어납니다.

나는 당신 앞에서
아침에 피어나 저녁에 지는 꽃이 되어
들녘처럼 일어나 앉는 당신을 보면
죽어도 좋아 내 안에는 당신이 살아납니다.

작별

오라 한 적 없는 줄 아오만
오지 말란 적도 없기에
다랑이 밭뙈기처럼
옹색하게 들러붙은 봄볕 비늘에
몸 뉘었다가 돌아서 오는 길.

홀로 남기운 시린 맘
뚝뚝 떨구며 뒤돌아선 길.

기다림 뒤에는 꽃불 잔치

여린 맘 조심스러운 당신 남겨 두고
소리 없이 문 닫는 법 서툴러서
시끌벅적 등을 보일 때
폐부를 찌르는 잔기침만 늘어갑니다.

오시는 님 맞아들이면
내 안에 뜻 모를 서러움
윙윙 자지러지고 끊어질 듯 녹아드는 애간장
숨길 수없어 내 사람을 놓아줍니다.
어찌합니까? 이러함도 내 것인 것을.

반쪽의 사랑은 외줄타기
채워지지 않는 세월 하나둘 하늘 끝에 걸리면
한 올 낚아 올려 성긴 옷자락을 엮어
그날에는 당신에게로 가겠습니다.

시린 밤 끝나면
끝간 데 없던 기다림
성긴 옷자락을 두르고 내게 오시려니 하기에
더는 안달하지 않겠습니다.

내 사람
당신이 피워 낸 꽃불은
앞산 붉게 물들여놓겠습니다.

꽃에 묻히인 말

사월에는
분홍 꽃비 내리는 꽃길을 거닐고 싶다.

꽃샘바람이 노곤해지는 날
나풀나풀 뽀얗게 꽃 내리는 길에서

아! 사랑아
아! 사랑아
아! 사랑아
그대를 사랑하고도 못내 감추인 말

사월에는
분홍 꽃비 내리는 길에
꽃처럼 뿌리우고 싶다.

그대만 보면

그대만 보면
나의 하늘이 그대로부터 열려

장대에 꽂힌 뜨악한 햇살 거꾸러지면
순간 찾아 드는 절명
죽었다 살았다 하는 석양 나절에

그대만 보면
나의 하늘이 그대로부터 열려

무겁지도 가볍지도 않은 것이
그대로부터 내게로 와
속살까지 적시고 나면
만취한 죄면에 빠지고
나의 하늘은 그대로부터 열려

나는 사랑이다

나는 사랑이다.
나는 하나뿐인 사랑이다.
나는 영원히 너의 사랑이다.

꽃이 내 안에 누웠다

꽃진다 아니하고 꽃이 눕는다 하자.
지는 꽃도 달뜬 봄날
가슴마다 불붙는 그리움이었을 것이다.

향기 바랜 꽃 아닌 양 그리 보일지라도
꽃은 꽃이려니
꽃이 누웠다 하자.

꽃잎 배고 화사한 봄날이 누웠다.
봄날 배고 누웠더니 꽃이 내 안에 누웠다.

그리운 그대

낮 같이 환한 밤길을
셀 수없이 걸었지만
하늘 한번 올려다볼 여유가 없었다.

길을 걷다
차가운 돌의자에 앉아
밤하늘을 목이 뻐근하도록 쳐다만 봤지

절반쯤 얼굴 가리고 선 달님 곁에 그대가 보여
보고픈 그대가 거기 있는 줄 모르고
내내 땅만 보고 걸었어.

아!
이렇게
내 가까이 섰는 줄은 모르고
그대가 보고 싶다고,
그대가 보고 싶다고,
아무 말도 못하고 땅만 보고 걸었어.

블루사파이어 같은 겨울밤 하늘에
그대가 날 보고 섰는 줄 모르고
땅만 보고 걸었어.

일탈

날 주고 싶었다
날 너에게 주고 싶었다
미친년이란 소리 당연한 줄 내 알지

너에게로만 내어 달리면
옥죄는 가슴 죄다 풀리어
이찌하든지 간에 날 주고 싶었다.

댓돌 위
외로운 신발 하나 언제나 침묵인 줄 다 알면서

하마도
미친년 심장을 갖고 싶지는 않았음에야

때로
광기로 헤집는 바람도
머물러 갈 언덕을 그리워하지 않겠는가!

그러한대
봄날 고양이 눈마냥 짧고 긴 여운으로
나를 품어 안아만 봐도 좋으련만.

들꽃

그대가 웃었나요
나는 요렇게 눈물이 나는데
그대는 꽃잎이 피어난다고 웃더니만
오후 내내 웃습니다.

그대가 울었나요
나는 흥에 겨워 들썩이는데
그대는 꽃비가 내린다고 울더니만
못내는 지고 맙니다.

너를 보노라면

너에게로 가는 길
3만 볼트 고압선을 두른
이성이 가로막고 있음을 깨닫는 순간,
크나큰 비극인 줄 알아.

그리운 그대는 잠 못 이루고

어젯밤에
문득 깨어나 와락 보고픈 맘에
그리움만 밀려와
속살거리다 지치지도 않는지
누에고치에 실 뽑히듯
자꾸만 그대가 만져져
어둠이 눈에 익고 곁에 없는 그대인 줄 알면서

누에고치에 실 뽑히듯
다시 또 다시 그대가 만져져

긴 밤새워 속살을 만지우던 그대는
남모를 그리움 후욱~
그리 훨훨 날아온 그리움 때문에
내 안의 그대는 만지우고 또다시 만지우고

꽃씨

그대가 머문 자리에
꽃씨는 움을 틔우고
그대가 오실 때마다
마당에 향기 뿜어내

그대가 잠시 머물다
나른한 잠에 빠지는
오롯한 오후 나절에
뒤안길 별은 내리고
크나큰 꽃대 솟아나
하늘을 가리고 섰네.

내게로 난 길을 아는 그대 옆에서

종일토록 당신 이외에는
아무것도 생각할 수가 없었어요.
불쑥 여기저기에서
얼굴 내미는 당신 때문에
차마 어디에도 갈 수가 없었어요.

정말 몰랐어요.
가을 그 속삭임을 따라
당신이 내게로 오실 줄은 전혀 몰랐어요.

당신은 당혹스런 되새김처럼
날마다 기억 저 언저리에 올라
물끄러미 바라보고 계십니다.
그런 당신이 여기 오신다 하신 말씀 진심인가요.
설레는 마음으로
손꼽아 당신 오시기를 기다립니다.

그날이 오면
당신 품에서 팔딱이는 숨을 고르며
당신의 향기로운 가슴팍에 얼굴을 파묻고
서러운 응어리 풀어내느라 훌쩍이겠습니다.

당신 이외엔 내게 아무도 없음은
오직 당신만이 내게로 난 길을 아는 까닭입니다.

가깝고도 먼 당신

어둠 속에서 옹기종기 몸 부비고 섰는
나뭇잎을 보아요.

마음은 여기에 두고
멀리 섰는 그대를 보노라면
바람 속에서
몸 부비고 섰는 나뭇잎을 시샘해요.

으스러지는 몸맞춤 깊은 그곳에
그리움 꼭꼭 눌러두고
손 내밀어도 닿지 않을 간격으로
아프게 섰는 그대가 보여요.

그대 거기 서 있다고
내 안에서 바람이 일어요
이만큼만 가까이 서면 안 되나요.

피는 꽃은 꺾지 말아요

하이얀 박꽃 되어
당신에게로 피어났습니다.
시도 때도 없이
그리운 마음 꽃잎에 담아
맑게 개인 날
당신에게로 피어났습니다.

하이얀 박꽃 되어
당신에게로 피어났습니다.
시도 때도 없이
기다리는 맘 이슬에 젖어
이 밤 깊도록
당신에게로 피어났습니다.

사노라면

가을로 치닫는 꽃들처럼
세월의 강물에 씻겨 가요.
소망했던 것들과
소유했던 것들이

한자락 여운만 남기고
흐르는 깅물에 몸을 맡겨요.
이제는 그리움으로 기다림으로 남아요.
감질나게 퍼올려지는 추억이란 이름으로요.

그곳에 가면

그곳에 가면
낮게 드리워진 하늘길을 따라
네게로 가는 외길을 밟고 선다.

침상에 옥죄는 절망을 묶어두고
새파랗게 질리도록 차가운 병동을 벗어나
하얀 화관을 두른 네 모습 너울거리고
맴도는 너의 눈빛 그곳에 남아
지워지지 않을 자국 하나 선명하게 그리고 선다.

숲에는

불덩이를 이고
불덩이를 이고

산마루에 올라
턱까지 치민 가뿐 숨
채 몰아쉬기도 전에

하산하라하고
등 떠미는 시간

숲은 잠들지 못하고
미완의 네 안에 갇혀.

더러는

더러는 말없음도 좋겠습니다.
더러는 취한 눈빛도 좋겠습니다.
더러는 휘청임도 좋겠습니다.
더러는 그러한 당신이면 좋겠습니다.

해후

그대가 거기 있기에
봄날의 눈부신 꽃술을 헤치고 가려네.

이음새 없는 이별을 남기고 힐끗거리는 들녘
서늘한 시선을 메고 홀로 뒤돌아 서던 날
남일 같더니

비늘같이 번뜩이는 햇살 가득한 봄날
심장을 겨눈 기억의 화살을 따라
몽환의 그리움 안고 가려네.

먼발치에서 재촉 말고
꽃내음 나풀거리는 봄날 날 마중하오
그대 거기 있기에 나는 가려네.

독백

제아무리 밉다 밉다 되뇌어도
너를 향한 힘없는 독백인 걸
독백은 여름날의 쓰르라미 울음 같아
자지러지게 맴도는 울음 같아.

눈높이 사랑

사랑하는 눈높이를 낮추려 할수록
욕망의 눈높이는 키가 자라고
사랑을 위하여 모두 내어 주어도
욕망의 그물에 걸리고 마는 걸.
자꾸 비우고 또 비워 내도
욕망의 늪에 허우적임은 멈추지 않아.

겨울 문턱에서

가을을 닮은 이여 그대도 가려 하오?
한 걸음만 더디 간들 무에 그리 급하다고
섭한 마음 남기고 가려 하오.

아득한 어느 날에
그대 오시던 때가 눈에 선하오만
무명 같이 성긴 옷자락을 떨리는 손에 쥐여주고
그리 가신다 하니 어찌 그리도 무심하오.

그대 숲의 바람소리 귓전에 맴도는데
자리 털고 일어나는 그대를 보노라니
머언 날에 다시 올 그대가 그래도 야속하기만 하오.

억장을 무너뜨리고 가는 그대
오늘에는 보내드리오만 다시 오는 그날에는
손을 움켜쥐고 보내지 않으리다.

술잔에 엎어지고픈 날

술잔에 엎어지고픈 날
오늘같이 스산한 날에는
너의 손을 잡고 거리에 나서고 싶다.

우산 하나를 받쳐 들고
포켓에 손을 넣으면
살며시 들어와 꼬옥 잡아주는
네 손의 감촉이 그립다.

어깨를 부비며 걸어 다니다
포장마차의 톡 쏘는 소주 한 잔 걸치고
살짝 눈 흘겨주는 살가운 네가 그립다.

바라만 보아도 좋을 미소
술기운을 빌어 네 어깨에 기대어도 좋으리.
오늘같이 비 오는 날에는 불쑥 불쑥 그립다.

춘몽

홀로 몸 부비던
긴 긴 밤은 겨우내 시립더니

어느 날엔가
버들 눈웃음 샐쭉 흘기우고
너는 슬그머니 그리 오더라.

풍만한 너의 허리에 감겨
온 밤이 홍건히 불꽃 군무 흐드러질새
농염하게 미끌리는 품에 안겨
가뿐 호흡은 한 잎 두 잎 내리고….

어느 날엔가
시린 밤이 올지라도
한 잎 두 잎 내리운 너와 나란히 눕겠다.

설왕설래

바람이 왔더란가!
흔적 하나 없이 빠꼼히 문만 열려
마음만 오락가락

이렇게 불쑥

그대가 그리울 때면 하늘을 품어 안고
쪽빛으로 젖어든 바다가 솟아나더니

그대를 기다릴 때면 불붙는 노을 안고
포효하는 바람 되어 땅자락이 솟아나더라.

이렇듯 잠재울 수 없는 이여
이렇듯 거침없는 이여
가슴을 열어도 열어도 다 채울 수 없는 이여

가을날의 슬픔

마음을 몽땅 주었다며
연신 기다리라는 그대의 말이
마른 낙엽 밟히는 소리 같은 줄
정녕 모르시는가요.

이미
마음 가진 것으로
그대를 온전히 가졌다고
그리 믿었지만

어떤 날에는
그 믿음이 거짓말처럼
가볍고 가벼워
훅~ 불면 사라질 티끌 같아서
남모르게
그대 속내를
요리조리 훔쳐보는 줄 모르시는가요.

갈바람에 사윈 나무 틈새로
아무렇지 않은 듯 휑한 시선 두르다

문득
그대 맘을 가진 게 죄다 가진 거라는 말이
참 쓸쓸한 갈바람 같은 줄 알았어요.

사랑할 수 있을 때 사랑하고

사랑할 수 있을 때 사랑을 품을 일이다.
소유하려 하지 않는 사랑을 품되
다 내어 주고도 넉넉함이 배어든
아낌없는 사랑을 품을 일이다.

사랑할 수 있을 때 사랑을 고백할 일이다.
내어 주는 사랑이 족쇄가 되지 않되
여린 마음을 여며주는 소박한 말투의
잔잔한 고백을 해볼 일이다.

마음의 빗장을 열어 둘 일이다.
시도 때도 없이 사랑할 수 있다면
사랑할 수 있을 때
꽃잎처럼 그대에게 던져질 일이다.
오직 그대 하나만을 위해
목숨처럼 낙화할 일이다.

사랑할 수 있을 때
하루를 살아도 좋을
행복을 착각해도 좋을 일이다.
사랑하는 그대를 얻을 수 있다면
수만 번을 죽어도 좋을 사랑을 꿈꿀 일이다.

꽃잎을 따라 가면

예쁜 꽃 시도 때도 없이
흐드러지게 피어납니다.
흐린 날 오후,
울타리 끝에 기대어
미리 울어 버립니다.

소나기 후다닥 지나간 설움에
하염없이 울어 버립니다.

예쁜 꽃잎은 속절없이 지고
그날 오후는 내내 웁니다.

눈물로 시들은 꽃잎 하나둘
울타리 너머로 둥둥 떠갑니다.

무제

이도
저도
다 거짓이다.
한결같은 거짓이다.

속 알맹이 남김없이 비워냈다고
복받치는 그리움만 진실이다.

아니 오시면

당신이 아니 오실 제
명주실보다 질긴 밤을
허리에 칭칭 동여매고
뜬눈으로 지새웠습니다.

봄 오시는 길에
옷자락 보일 새라
초승달 같은 눈을 들어
요리조리 보아도 아니 오시는 당신입니다.

사립문에 걸터앉아 가는 얄궂은 바람
깜빡 당신 오시는 줄로 알았던 날들이 무심합니다.

봄은 오시는데
기별 없이 그만 옵신다 하면 내 어이하겠소만
닳고 닳은 사연만 무성하게 몸살이 깊어져
아니 오신다는 당신을 놓지도 못하고
내 눈물이 마르지 않습니다.

내 목숨보다 더한 사랑아

나의 사랑아
나는 너를 부를 때
작고 부드러운 목소리로 속삭이지
'너 없이는 못 산다고'

언젠가 그 말이 잊혀질 만큼
세월이 흐른 뒤에
얼마나 허허로운 말이었는지
되새김하게 될지라도
오늘 너를 부른다, 나의 사랑아.
목숨 같은 내 사랑아!

꽃지는 슬픔

꽃 지면
열매 좋다 하나,
한철 피었다 마는
꽃지는 슬픔
아는 이 누구런가!

흐린 하늘을

앞집 담벼락에
옹기종기 몸 맞대고 섰는 철쭉이
누렇게 야위었다.

가을 햇살에
살 부비고 서서
두런두런 옛이야기 나누었을까

비가 온다고
단풍 떨구어 내는 오후에
누런 철쭉은 가녀린 꽃잎 두 개의 몽오리를
불쑥 내밀고 있다.

젖은 봄 가누지 못하는 단풍 사이로
분홍 꽃잎은 흐린 하늘을 훔쳐보고 섰다.

넋두리

요념의 끝자락을 부둥켜안고
내 환장하겠소.
꽃문 열고 뎀비는 봄
폭발하는 열정
음울한 자조에 섞여드는 욕망

무한 잡념에 뭉그뜨려져
꽃잎처럼 날리며 스러지는 삼십 대
찬란한 우울에 갇혀
나 이곳에 머물러 있소.

이러한 때를 뭉그적이다
어느 날엔가 피식 웃고 말 것 같소
한순간의 치기 어린 몸짓 더듬다 보면
그저 웃음 밖에 나오지 않을 것을,

그리운 것은 더 그립고
설렘은 왜 저리 수줍기만 하는지
나날이 그리움으로 혼몽한 것들은
슬금슬금 발목을 잡고

짧은 봄날은 날 재촉하는데
어이하라고….
조금만 더디 가면 좋으련만.

푸르른 하늘이 저만치 내려올 때
첨벙 빠져 볼 생각이요
그대의 봄날도 이리 짧기만 하오?

그곳에도 비가 내리나요?

가을이라 그런가요
빗소리마저 애잔하네요.
국화도 몸 비켜선 뜰에
밤새
추적추적 내리던 가을비
지금도 기억하는걸요.

여전히 술잔을 기울이고 계신가요.
담장에 기대어 있음이 자유롭던가요.
이방인처럼 떠도는 나는 여기 있는데
참 태평도 하십니다.
멀리에서 손짓만 하면 어찌합니까
문밖으로 浮漂 하나 띄워 놓은 나는
오나가나 이방인인 것을요.

올해도 국화는 피어났을 테지요.
모든 것은 여전한데
하나는 세상 안에
하나는 세상 밖에 나뉘어 있음만 다른 걸요.

손 닿을 듯 가깝게 보이는 이 길이
아득히 머언 길이라는 것을 알면서
인정하고 싶지 않은 걸요.
그곳에도 비는 내리나요?

종달새처럼

아침에 선물을 받았어요.
창문 활짝 밀쳐 놓고 하늘을 보세요.
가을의 속살 닮은 뭉게구름이 흘러요.
아기의 살내음처럼 느껴져요.
어느 분이 내게 주신 선물이어요.
한아름 퍼담아 그대에게 보낼게요.
행복은 나눔이에요.
그대와 나란히 나누고 싶어요.

편지 그리움을 아는 이에게

보고파서 당신에게로 달음질을 합니다.
뒷산이 허리춤을 쥐어잡고 걸음을 더디게 하여도
아랑곳없이 그저 달리면 당신에게로 닿을 듯 합니다.

그리워서 당신에게로 쏜살같이 내달립니다.
앞산이 가로막고 서서 버거운 발목을 잡아끌어도
아랑곳없이 그저 달리면 당신에게로 닿을 듯합니다.

당신이 누구시길래
이토록 절박한 달음질을 해야 하는지 알 수 없습니다.
내가 아는 것은 오직 하나
당신이 없는 하늘아래 한순간도 머물 수 없습니다.

아파오는 맘 때문에

어둠이 내리면
온몸을 휘감아 도는
님을 향한 그리움
어찌 견뎌낼지 아시나요?

님은 어둠 속으로 침묵하는데
님에게서 헤어닐 수 없는 아픔도
어찌 견뎌낼지 아시나요?

님을 향한 길에는
님에게로 함몰하는 늪이 있어요.
더는 어쩌지 못해요.
제발요,
멀지 않은 간격으로 서 있어줘요.
손 내밀면 닿을 수 있는 간격으로 말이어요.

숲은 잠들지 못하고

몸 부비고
섰는 숲은
잠들지 못하고
밤새워
사락사락
제 살만 후비는가?

그대가 오는 길

그대 오는 꽃길로 나도 가려오
그대 마중하는 길에 갈증만 더하오

꽃길에 어둠 오면 그대가 사라져
기다리는 마음이 메말라 꿈쩍도 못하오

그대 오는 꽃길에 서면
설렘으로 오는 그대 맘 알듯 하여
그대 오는 꽃길로 나도 가려오

어느 날에

이별이 찾아오면
그날에 어찌하지요

여직 출발선에 서 있는데
나도 모르게 그날이 오면
황망한 시선
어디에 두어야 하나요

내 속의 여자가 울 거예요
낯설기만 한 길에 서서
하염없이 울고 있을 거예요

이별주

오라 한 적 없는 줄 아오만
오지 말란 적도 없기에

다랑이 밭뙈기처럼
옹색하게 들러붙은 봄볕 비늘에

몸 뉘었다
배시시 웃음 띠고 돌아서 오는 길

그댈 거기 두고
이별주는 아니 나누겠소.

사랑방정식

같은 방향을 바라보고 가는 길
사랑인 줄은 알아
따로 또 같이 있어도 외롭지 않은 길
사랑인 줄은 알아

때로는
얼음장 깨지듯 낯선 네 모습은
내 마음을 수만 갈래로 찢고
너를 사랑함이 이유없는 형벌 같아

그래도
네 이름을 부를 때 고개 돌려주는 네가 있어
눈물로 그려내는 그리움
이게 사랑인 줄 알아

몽상

잠에서 깨어나
하얀 레이스 커튼 사이로
한 올 한 올 매달려 있는 햇살을 만지듯
그대를 살포시 품고 싶어요.

이른 아침 새들의 지저귐이
깃진에 간지럼 태울 때
그대의 팔베개는 한없이 나른한 잠속으로
다시 끌어내릴 것 같아요.

그대를 아는 것으로도
세상의 절반을 얻었지만
끝 간 데 없이 몰아치는 그리운 맘
침묵하지 못하고 아파 울어요.

어느 날은 꿈속에서
그대를 만나 내 것이 되었지만
결국에는 꿈이었는걸요.

지척에 그대를 두고
모르는 사람처럼 오가는 맘
수없이 까맣게 태워버렸어요.
그대를 내 안에 뉘고
어루만지는 아침을 갖고 싶어요.

이룰 수 없는 것은
왜 이리도 아픈 지 모르겠어요.

일시정지

둥그런 탁자에 놓인
빈 찻잔에 묻어나는 나른한 오후
눈꺼풀을 내리 닫은 관능의 몸짓
욕망의 시선마저 거두어진 오후였어.

어찌하나요?

어느 날엔가 당신을 보내야 한다면
어느 날엔가 당신을 잊어야 한다면
어찌하나요

당신이 대답해 줄 수 있나요?

어느 날엔가
꼭 그래야만 한다면
난 어찌하나요?

무소유 사랑법

그대가 한 발짝 앞서 걸으면
나는 그대를 비켜서 조용히 걸었어요
왜 그리하느냐 물으시는군요

그대의 그림자를 밟지 않으려 했어요
나란히 걸어도 좋으련만 하시는군요
나는 그대의 그림자를 지키고자 했어요

왜냐고 물으시겠지요
소유하지 않는 사랑 때문이라 할게요
무수한 날들이 지나고
아름다운 기억들이 탈색된다 할지라도
소유하지 않는 사랑은 이별이 없을테니까요
이별 없는 사랑은 아프지도 않을테니까요

죄의식

너무 추웠어
후비는 삭풍은 시리고
온몸을 부비고 서도 나 홀로 추웠어
너는 나신을 가려줄 옷이 아닌 줄 알았지.

난 두려웠어
찢겨진 창호지 사이로 벌거벗음이 드러날 새
온몸을 가려도
너는 나신을 가려줄 옷이 아닌 줄 알았지.

이별이란 건

보내는 것이 쉽지 않지요
떠나는 일도 쉽지 않지요

늘 그렇습니다, 사는 것이요
매양 웃을 수만은 없겠습니다.
한사코 님이 가시면 내어드려요
인연의 시작은 이별인 걸요

우리도 언젠가는 요
자리 비움을 하게 되겠지요.

싫어요

"내 눈에 쓸쓸함이 깃들지 않게 해줘요"

어제는

봄 땜시
미쳐 불 것더니만,
이제는
당신 때문에 미쳐 불겠소.

헛다짐

울지 않기로 했다,
처음에는 멋쩍은 탓이었다
다음에는 약오른 탓이었다
절대로 네 앞에서 울지 않기로 했다.

단 하루도 혼자서는 지낼 수 없는 나에게
열흘 동안 애간장을 녹인 앙갚음으로
울지 않기로 했다

그런데 뒤돌아서자마자
눈물이 왈칵 솟구쳤다, 울지 않기로 했는데.

울지 마오

울고 싶을 때 정말 우시나요
울지 마세요
눈물이 흐르면
그리움도 씻겨가요

사랑에는 이유가 없다

사랑에는 아무런 이유가 없다.
사랑한다는 것은
나를 너에게로 보냈다는 말이며
네가 나에게로 왔다는 말일 것이다.

사랑했었다는 것은
나에게서 네가 떠났다는 말이며
더 이상 네가 오지 않는다는 말일 것이다.

사랑한다, 사랑했었다,
이 사이에 놓인 간극을 묻지 마라
너무 아프다.

네가 떠난 자리
무심한 추억은 속절없이 오가고
너를 내보낸 타박에 나의 붙박이 사랑은
아직도 얼얼한 맨살이다.

댓돌 위 신발은 하나

그대 그리고 나
댓돌 위에
언제나 신발은 한 켤레.

제발 요

제발 요
부탁인데요

멈춰줘요
제발 부탁이에요
아 그만!

사랑은 너 하나뿐이야

소유하고픈 맘 내 다 알지만
포켓 속의 사랑이긴 싫어

눈 감고도 느낄 수 있는 사랑
너와 내 안에 있음을 서로 알아

제발 조금만 더 느린 템포로
흔들리지 않게 살포시 다가와

나뭇잎 간지럽히는 바람처럼
앙증맞은 애교와 꼬드김 되어

가랑비에 옷자락이 적셔들 듯
네 안에 내가 스며드는 사랑

소유를 꿈꾸지 않아도 사랑은
소리 없이 하나가 되는 요술

꽃잎에 와락 안겨 드는 햇살
내 안의 너는 그런 햇살이야

사랑의 무게를 재려 하지 마
네 그리움의 크기로 족해

사랑은 너 하나뿐이야
기억해 줘 그리운 날들을

죄 아닌 줄을

당신을 마음에 품는 일이
죄인 줄 알았습니다.
그토록 사랑하고도 죄인 줄 알아
입밖에 내지 못하고
꼭꼭 숨겨두어야 했습니다.

더는 가까이 갈 수없어
먼발치에서 보는 것으로 족하여
어떤 기대도 갖지 않았습니다.

어느 날 당신이 흘끔 뒤돌아보며
흘릴 듯 말 듯한 웃음을 지어 보일 때
그제야 당신을 향한 마음이 죄 아닌 줄 알아
움츠린 긴 한숨을 토했습니다.

여직 미동도 하지 않는
당신을 품는 것이 죄 아닌 줄 알아
날 돌아보던 날의 미소를 붙잡고
기다림에 지치지 않는 길에 서 있습니다.

갈등

흘린 날 오후 내내
실없이 기운 술잔에 네 얼굴이 떠올라
사랑한다는 그 한마디 쉬이 못하고
모니터 속으로 끝없이 발정을 했지.

섹스,
비릿하지 않은 진실이라고
입버릇처럼 뇌까리면서
상쾌하게 뱉지 못하는 이중성.

"사랑해?"
그렇게 물을까 두려워
짐짓 딴청을 피워보지만
내 안의 여자가 말해
"사랑해"

숲에 새가 깃들면
숨죽여 헐떡일뿐
사랑해 그 말이 무겁다,
흐린 날 오후에는.

봄

그대는 누구시길래
온몸으로 다가와
혼자는 피할 수가 없는 거요.

가쁜 숨 고르기도 전에
또다시 숨을 죄이는
그대는 누구시오!

어제 오늘 어쩌면 내일,
허공에 자맥질하는 빈 둥지에
불쑥 손 내미는
그대는 누구시오.

뻑뻑한 빗장 지른 허리춤 죄었다 놓았다
고개 돌려보면 슬그머니 신기루가 되는
그대는 누구시오!

혼자 헛기침하는 어제 오늘
오가는 바람만 탓하다
벚꽃 흐드러지게 핀 동구 밖 어귀를 서성이오.

나빌르는 꽃향기에 취해
누가 뭐라 하든
아! 나 혼자 어쩌지 못하고 그댈 퍼담고 말았오.

혼자가 된다는 것은

당신은 가고 오지 않으십니다,
아무리 소리내어 불러보아도
당신의 마음은 얼음장입니다,

품어안고 좋아라 하시던 때가
엊그제 같은데 지금에 오셔서
타인처럼 낯선 당신의 눈빛이
오늘도 서늘히 닫혀 있습니다,

당신이 가고 오지 않으시는 길
빗장을 잠그지도 아니하면서
왔다갔다 더 가까이 서성입니다,

에일리언 남자

18층 그녀의 집에는
밤마다
야금야금
심장을 뜯어먹고
뇌를 파먹는 괴물이 숨어 있다.

심장을 뜯길 때 내지른 벌건 비명과
뇌를 파먹힐 때 떨던 시퍼런 공포가
밤낮으로 악을 써댔다.

나비가 되기도 전에
껍데기만 남은 그녀의 몸에는
파먹힌 뇌의 길을 연결해주는
호르몬과 신경안정제가 산다.
종종
옛 기억이 열리고
18층 에일리언의 인질이 되면
그녀는 빈 껍데기조차 버리고 싶어 몸부림친다.

봄 선운사 가는 길

봄 햇살 농익을 적에
선운사 뒷길에 점묘되었을
동백꽃이 그리워 잠 못 들겠네.

붉은 핏방울처럼 흘리는 꽃잎은
네 심장의 불꽃이려니

붉은 꽃눈 날리는 그 길에
붉은 꽃눈 날리는 그 길에
뚝!뚝!
떨구는 네 심장의 불꽃송이.

사랑하나 묻어 둔
절규보다 더한 꽃잎 속절없이 떨구어내면
휘도는 적요함에
그리워한 맘 한층 깊어지겠네.

동백숲에 꽃눈 내리면
봄 자락도 걷히려니
선운사 가는 길에
흩뿌려둔 몇 올의 이야기
덩달아 걷혀 가겠네.

꽃피고 지는 오월이 오면
동백 꽃울음 귓전에 맴돌고
그리움 품어 안고도 가지 못하는 길,
선운사 가는 길.

그리움

시퍼렇게 날 선 그리움
가슴에 묻어 두고
그대 어디메 있는 거요.

누군가 내게 들어와
문 두드리다 가슴만 베이고 돌아가는데
그대는 기별도 없어 민망하고 야속하오.

오늘처럼 음습한 날이면
얼굴 가리고 숨으려 해도
들불처럼 번져 드는 그대 향한 그리움
화적떼같이 질기고 거칠기만 하오.

나날이 옅어져
잊을 날도 오려니 했건만
어제도 오늘도 시퍼렇게 살아
명경처럼 맑아만 지니,
그대를 비우지도 못하고
화적떼 같은 그리움 안고 오락가락하였소.

숲에는 달이 뜬다

초판 1쇄 발행 2017년 12월 12일

지은이 안미쁜아기
발행인 안미쁜아기
발행처 동행출판

등록번호 제2016-000063호
주 소 13633 성남시 분당구 미금일로57 602-134
전 화 070-4312-4300 010-366-9939
팩 스 031-5171-3150
메 일 donghangbook@gmailcom

ISBN 979-11-957985-7-5 03810

책값은 뒷표지에 표시되어 있습니다
파본은 바꾸어드립니다